www.ingramcontent.com/pod-product-compliance
Lightning Source LLC
LaVergne TN
LVHW010613070526
838199LV00063BA/5149
9789358720334

بھولی لڑکی

(بچوں کی کہانیاں)

مصنفہ:

صالحہ خاتون

© Taemeer Publications
Bholi Ladki *(Kids stories)*
by: Saleha Khatoon
Edition: May '2023
Publisher & Printer:
Taemeer Publications, Hyderabad.

ISBN 978-93-5872-033-4

مصنف یا ناشر کی پیشگی اجازت کے بغیر اس کتاب کا کوئی بھی حصہ کسی بھی شکل میں بشمول ویب سائٹ پر اَپ لوڈنگ کے لیے استعمال نہ کیا جائے۔ نیز اس کتاب پر کسی بھی قسم کے تنازع کو نمٹانے کا اختیار صرف حیدرآباد (تلنگانہ) کی عدلیہ کو ہو گا۔

© تعمیر پبلی کیشنز

کتاب	:	**بھولی لڑکی**
مصنفہ	:	**صالحہ خاتون**
صنف	:	ادب اطفال
ناشر	:	تعمیر پبلی کیشنز (حیدرآباد، انڈیا)
زیر اہتمام	:	تعمیر ویب ڈیولپمنٹ، حیدرآباد
سالِ اشاعت	:	۲۰۲۳ء
تعداد	:	(پرنٹ آن ڈیمانڈ)
طابع	:	تعمیر پبلی کیشنز، حیدرآباد – ۲۴
صفحات	:	۶۶
سرورق ڈیزائن	:	تعمیر ویب ڈیزائن

فہرست

(۱)	بلی اور کتا دشمن کیسے بنے	7
(۲)	لالچی بھائی	12
(۳)	بھولی لڑکی	19
(۴)	رانی کے پاؤں	24
(۵)	جادو کا پیڑ	29
(۶)	جادو کا برتن	34
(۷)	تتلیوں کا ناچ	38
(۸)	ایک چوہیا شیرنی بنی	43
(۹)	نادان برہمن	47
(۱۰)	باتونی کچھوا	51
(۱۱)	رحم دل ڈاکو	58

مقدمہ

ہندوستان کی تمام زبانوں میں اور خاص طور پر اردو ادب میں بچوں کے بارے میں بہت کم لکھا گیا ہے۔ پچھلے کئی برسوں سے اس طرف بار بار توجہ بھی دلائی جاتی رہی لیکن اس کے باوجود اردو میں بچوں کی کہانیوں کی کتابوں کی بہت کمی ہے۔

ایسے دور میں جبکہ اردو ادب افسانہ نویسی اور شاعری کے حصار میں مقید ہے، صالحہ خاتون نے بچوں کے ادب کی طرف توجہ کی ہے۔

اس کتاب "بھولی لڑکی" میں صالحہ خاتون نے کئی ملکوں کی کہانیوں کو اپنے انداز میں بدلا ہے۔ یہ کہانیاں دلچسپ اور سبق آموز ہیں اور زبان بھی بچوں ہی کی اپنائی گئی ہے۔ امید ہے کہ ان کہانیوں کو پڑھتے وقت بچوں کو زبان اور مفہوم سمجھنے کی دقت پیش نہیں آئے گی۔

پروفیسر اوم پرکاش راز
دسمبر ۱۹۸۴ء

بلّی اور کتّا —— دشمن کیسے بنے

بہت دنوں کی بات ہے۔ ایک جگہ ایک آدمی اور اس کی بیوی رہتے تھے۔ ایک کتّا اور ایک بلّی بھی ان کے گھر رہتے تھے۔ وہ دونوں بلی اور کتے کا بڑا خیال رکھتے تھے۔ بلّی اور کتا بھی مالک کے وفادار تھے۔

اس آدمی کے پاس ایک سونے کی انگوٹھی تھی۔ وہ انگوٹھی جس کے پاس رہتی تھی وہ کبھی بھوکا نہیں رہتا تھا۔ اس کی زندگی بڑے آرام سے گزرتی تھی۔ لیکن یہ دونوں اس بات کو نہیں جانتے تھے۔ اس لیے انہوں نے اس انگوٹھی کو بیچ دیا۔

انگوٹھی کے بیچتے ہی دونوں غریب ہونا شروع ہو گئے۔ اور کچھ دن بعد اتنے غریب ہو گئے کہ روٹی بھی کھانے کو نہیں

رہی۔ ان کی سمجھ میں نہیں آیا کہ وہ غریب کیسے ہو گئے۔ ان کے ساتھ کتا اور بلّی بھی بھوکے رہنے لگے۔

ایک دن کتا اور بلّی سوچنے لگے کہ ان کا مالک بھوکا کیوں رہتا ہے؟ سوچتے سوچتے کتّے نے کہا —— "ہمیں مالک کی انگوٹھی دوبارہ حاصل کرنا چاہیے۔"

بلّی نے کہا —— "مجھے یقین ہے کہ وہ انگوٹھی جادو کی تھی۔ لیکن وہ انگوٹھی ملے گی کیسے؟"

کتّے نے کہا —— "وہ انگوٹھی جس آدمی نے خریدی ہے میں اسے جانتا ہوں۔ لیکن ایک پریشانی ہے؟"

بلّی بولی —— "وہ کیا؟"

کتّے نے کہا —— وہ بڑا مالدار آدمی ہے۔ اُس نے انگوٹھی کا لاکٹ بنوالیا ہے اور ہمیشہ اُسے پہنے رہتا ہے۔ اس کے گھر کی دیواریں بھی بہت اونچی اونچی ہیں۔ گھر کا گیٹ بھی ہمیشہ بند رہتا ہے۔ پھر ہم اندر کیسے جائیں گے؟"

بلّی نے کہا —— "یہ تو بڑی مشکل بات ہے۔ اندر کیسے جائیں گے؟"

کتّا خاموش ہوگیا۔ وہ اپنے مالک کی بھلائی چاہتا تھا۔ سوچتے سوچتے وہ بلّی سے کہنے لگا ——" ایک ترکیب ہے بلّی رانی۔ تم ایک چوہیا پکڑ لو۔"

بلّی بولی ——" اچھا پکڑلی۔ پھر کیا کروں؟"

کتّے نے کہا ——" اس چوہیا کو پکڑے ہوئے تم گیٹ سے رینگ کر اس آدمی کے محل میں چلی جاؤ۔ اس طرح تم اس کے کمرے تک جا سکتی ہو۔"

" ہاں! یہ تو میں آسانی سے کرسکتی ہوں۔ لیکن لاکٹ تو اس کے سینے پر پڑا رہتا ہے۔ وہ کیسے ملے گا؟" بلّی نے سوچتے ہوئے کہا

" ابھی بتاتا ہوں۔" کتّا بولا۔" جب وہ آدمی پلنگ پر سو رہا ہو تو تم چوہیا سے کہنا ——" اے چوہیا! یہ لاکٹ دانتوں سے کاٹ کر مجھے دیدے۔ اگر ایسا نہیں کریگی تو میں تجھے جان سے مار دوں گی۔ چوہیا راضی ہو جائے گی۔ اس طرح لاکٹ میں لگی ہوئی انگوٹھی ہمیں مل جائے گی۔"

بلّی کو کتّے کی بات پسند آئی۔ کتّا اور بلّی رات کے وقت گھر سے

نکلے۔ بلی نے ایک چوہیا کو پکڑا اور کتے کے ساتھ اس محل کی طرف چل دی جہاں وہ آدمی رہتا تھا جس نے وہ انگوٹھی خریدی تھی۔

راستے میں ایک بہت بڑی ندی آئی۔ بلی تیرنا نہیں جانتی تھی۔ کتے نے بلی کو اپنی پیٹھ پر بٹھایا اور ندی کے پار اُتار دیا۔ بلی چوہیا کو پکڑے ہوئے گیٹ کے اندر گئی اور پھر اس کمرے میں گئی جہاں وہ آدمی پلنگ پر سو رہا تھا۔ کتا گیٹ کے باہر کھڑا بلی کا انتظار کرنے لگا۔

تھوڑی دیر بعد بلی انگوٹھی لیے واپس آئی۔ کتا اور بلی بہت خوش تھے۔ جب ندی آئی تو کتے نے بلی کو اپنی پیٹھ پر بٹھا کر ندی کے پار اُتار دیا۔ دونوں اپنے مالک کے گھر کی طرف چل پڑے۔

بلی سوچنے لگی۔ اگر وہ جلدی پہنچ کر انگوٹھی اپنے مالک کو دے دے تو اس کا مالک بہت خوش ہو گا۔ یہ سوچ کر وہ ایک مکان کی چھت پر چڑھ گئی اور کودتی پھاندتی مالک کے پاس پہنچ گئی۔

اُس نے مالک کے قدموں میں انگوٹھی ڈال دی۔

انگوٹھی پاکر اس کا مالک بہت خوش ہوا۔ وہ بیوی سے بولا "یہ بلّی ہماری وفادار ہے۔ ہمیں اس کی دیکھ بھال اچھی طرح کرنی چاہیے۔"

کتّا بے چارا سڑک کے چکر کاٹتا ہوا جب گھر پہونچا تو اس کی مالکن بلّی کو گود میں لٹائے دودھ پلا رہی تھی۔ اُس کے مالک کی اُنگلی میں سونے کی انگوٹھی چمک رہی تھی۔

کتّے کو دیکھتے ہی مالکن بولی۔ "دیکھو! میری بلّی کتنی اچھی ہے۔ اور یہ کم بخت تمہارا کتّا، بس کھاتا ہی رہتا ہے۔ ہمارے کسی کام کا نہیں۔"

بیوی کی بات سن کر مالک کو کتّے پر غصّہ آیا۔ اُس نے ڈنڈا اُٹھا کر کتّے کو خوب مارا اور اُسے گھر سے نکال دیا۔ کتّے کو بلّی کی مکاری پر بہت غصّہ آیا۔ بلّی نے انعام پانے کے لیے اسے دھوکہ دیا تھا۔ اسی روز سے بلّی کو دیکھ کر کتّا اس کے پیچھے بھاگتا ہے۔ وہ بلّی کو دھوکہ دینے کی سزا دینا چاہتا ہے۔ یہی وجہ ہے کہ آج تک کتّے، بلّیوں کے دشمن ہیں۔

لالچی بھائی

ایک گھر میں دو بھائی رہتے تھے۔ بڑے بھائی کی شادی ہو چکی تھی۔ اس کی بیوی اپنے دیور کو پسند نہیں کرتی تھی۔ جب گرمی کا موسم آیا اور گیہوں بونے کا وقت آگیا تو چھوٹے بھائی کو کھیت بونے کی فکر ہوئی۔ وہ بڑا غریب تھا۔ اس کے پاس کھیت بونے کے لیے گیہوں بھی نہیں تھے۔

وہ بڑے بھائی کے گھر گیا اور بولا "بھیا! مجھے تھوڑے سے گیہوں قرض دے دو۔ جب میرے گیہوں ہو جائیں گے تو واپس کر دوں گا۔

بڑے بھائی نے اپنی بیوی سے کہا "اسے کچھ گیہوں بونے کے لیے دیدو۔"

اُس نے دیور سے کہا "میں کام کرتے کرتے تھک گئی ہوں۔ تم

صبح آکر گیہوں لے جانا۔

وہ عورت بڑی چالاک تھی۔ اس نے رات ہی میں گیہوں دیگچی میں ڈال کر خوب گرم کر دیے پھر خود ہی اپنے دل میں کہنے لگی "اب دیکھوں گی کیسے اس کے گیہوں اُگیں گے۔"

دوسرے دن چھوٹا بھائی آیا اور گیہوں لے گیا۔ اُس نے کھیت پر جاکر گیہوں کے دانے بکھیر دیے۔ وہ روز صبح شام کھیت پر جاتا۔ خوب پانی دیتا۔ اتفاق سے ایک دانہ آگ پر بھننے سے رہ گیا تھا۔ وہ کھیت میں پھوٹ آیا۔ اُسے بڑا تعجب تھا کہ کھیت میں صرف ایک پودا اُگا ہے۔ پاس پڑوس کے سب کھیتوں کی سنہری سنہری بالیوں کو وہ دیکھتا۔ ان بالیوں کو لہلہاتا دیکھ کر وہ دل پکڑ کر رہ جاتا۔ لیکن کرتا بھی کیا۔ لیکن اُس نے ہمت نہیں ہاری۔ وہ برابر ایک گیہوں کے پودے کو پانی دیتا رہا۔

وہ پودا دھیرے دھیرے اتنا بڑا ہو گیا کہ اُس کا آدھا کھیت ڈھک گیا۔ گاؤں والوں نے کبھی اتنا بڑا گیہوں کا پودا نہیں دیکھا تھا ہر دور دور تک اس بات کی چرچا ہونے لگی۔ دور دور سے لوگ اسے

دکھنے آنے لگے۔

جب گیہوں کے پودے کی بالیاں پک گئیں تو اُس نے کلہاڑی سے کاٹ کر نیچے گرا دیا۔ زمین پر گرتے ہی کسی طرف سے ایک بہت بڑی سی چڑیا آئی اور گیہوں کی بالی کو چونچ میں پکڑ کر اڑ گئی۔ وہ اس چڑیا کے پیچھے بہت تیزی سے دوڑنے لگا۔ دوڑتے دوڑتے وہ سمندر کے کنارے پہنچ گیا۔

سمندر کے کنارے پہنچ کر چڑیا بولی "تم نے ایک سال محنت کر کے بے کار کر دیا۔ آؤ! تم میری پیٹھ پر بیٹھ جاؤ۔ میں تمہاری محنت کا انعام دوں گی۔ دیکھو! اس سمندر کے دوسرے کنارے پر ایک جزیرہ ہے جہاں سونے اور چاندی کے خزانے ہیں۔ تمہیں جتنی ضرورت ہو لے لینا۔ اس طرح تمہاری محنت کا بدلہ مل جائے گا۔"

وہ ہمت کر کے چڑیا کی پیٹھ پر بیٹھ گیا۔ چڑیا بولی "تم اپنی آنکھیں بند کر لو اور جب تک میں نہ کہوں، کھولنا نہیں۔" اُس نے آنکھیں بند کر لیں۔ چڑیا بہت تیزی سے اُڑنے لگی۔ اُسے ایسا لگا جیسے تیز ہوا کے طوفان سے اس کے کان پھٹ رہے ہوں۔ نیچے سمندر

کی لہروں کا خوفناک شور سنائی دے رہا تھا۔ لیکن وہ بڑی ہمت سے بیٹھا رہا۔ تھوڑی دیر بعد چڑیا نیچے اُتری اور کہنے لگی: "اب آنکھیں کھول دو" وہ نیچے اترنے لگا۔ ہر طرف شام کا اندھیرا چھایا ہوا تھا۔ اندھیرے میں سونے اور چاندی کی کرنیں چاروں طرف پھیل رہی تھیں۔ ہر طرف سونے اور چاندی کے ڈھیر لگے تھے۔

چڑیا بولی "تم اپنے لیے جتنی چیزیں چاہو لے لو۔"

اُس نے سونا اٹھا کر اپنی سب جیبوں میں بھر لیا۔ پھر چڑیا بولی "کیا تم نے اپنی ضرورت کی چیزیں لے لیں؟"

"ہاں میں نے اپنی ضرورت کے لیے سونا لے لیا ہے۔" اُس نے کہا۔ چڑیا نے اُسے اپنی پیٹھ پر بٹھا لیا اور آسمان میں اُڑ گئی۔ تھوڑی دیر بعد چڑیا نے اُسے کھیت پر اُتار دیا۔

وہ خوشی خوشی گھر پہنچا۔ سونا بازار میں بیچ کر ایک اچھی سی زمین خریدی اور محنت سے کھیتی کرنے لگا۔ اپنی محنت سے وہ کچھ دنوں میں گاؤں کا سب سے مالدار آدمی بن گیا۔

اُس کا بڑا بھائی اور اس کی بیوی اُس سے جلنے لگے۔ لیکن کر بھی

کیا سکتے تھے؟ مجبور ہو کر خاموش رہے۔

ایک دن ہمت کر کے بڑے بھائی نے پوچھا "تم ایک رات گھر سے غائب ہو گئے تھے۔ دوسرے دن تم نے یہ زمین خرید لی تم نے ضرور چوری کی ہے۔"

یہ سن کر چھوٹا بھائی گھبرا گیا۔ بولا "آپ میرے بڑے بھائی ہیں میں آپ سے جھوٹ نہیں بولوں گا۔" یہ کہہ کر اُس نے سب باتیں ٹھیک ٹھیک بتا دیں۔

اس کا بڑا بھائی بڑا لالچی تھا۔ وہ گھر گیا اور سب باتیں اپنی بیوی کو بتا کر بولا "کیا میں ایسا نہیں کر سکتا؟"

"کیوں نہیں! بڑا آسان طریقہ ہے۔" اس کی بیوی جھٹ سے بولی اُس کی بیوی نے اُسی طرح گیہوں کے دانے دیگچی میں گرم کیے اور ایک دانہ بغیر بُھنا ہوا اس میں ملا کر اپنے شوہر کو دے دیئے وہ کھیت پر گیا اور دانوں کو بکھیرا۔ اور صبح شام پانی دینے لگا۔

کچھ دن بعد گیہوں کا دانہ پھوٹ آیا۔ پھر وہ پہلے کی طرح بڑا ہو گیا جب وہ پک گیا تو اُس زمین پر کاٹ کر گرا دیا۔ اچانک کہیں سے وہی

چڑیا آئی اور گیہوں کی بالی کو چونچ میں لے کر اُڑ گئی۔ وہ بھی اپنے چھوٹے بھائی کی طرح اس کے پیچھے پیچھے دوڑتے دوڑتے سمندر کے کنارے تک آگیا۔ چڑیا نے اس سے بھی وہی کہا جو اس کے بھائی سے کہا تھا۔ وہ چڑیا کی پیٹھ پر بیٹھ گیا اور سونے کے جزیرے میں آگیا۔

سونے چاندی کو دیکھ کر وہ حیران رہ گیا۔ ہر طرف سونا چاندی کے ڈھیر دیکھ کر اس کی آنکھیں خوشی سے حیران رہ گئیں۔ وہ دیوانوں کی طرح دوڑ دوڑ کر سونے کے ٹکڑے جمع کرنے لگا۔ جب اس نے کافی سونا جمع کر لیا تو چڑیا بولی "بس کرو۔ یہ بہت ہے۔"

چڑیا کی بات سن کر وہ بولا " جلدی نہ کرو۔ میں تھوڑا سونا اور جمع کر لوں۔"

چڑیا نے پھر کہا " اب بس کرو۔ جلدی چلو۔"

اس لالچی آدمی نے کہا " ابھی بھی کیا جلدی ہے۔ بس ابھی چلتا ہوں"

یہ کہہ کر وہ سونا جمع کرنے لگا۔ تھوڑی دیر میں لال لال سورج نے کالے بادلوں کو پھاڑ دیا۔ خوفناک آوازوں سے جزیرہ لرزنے لگا۔

اسے ایسا لگا جیسے اس کے کان پھٹ جائیں گے لیکن وہ لالچی آدمی پھر سونا جمع کرنے لگا۔ چڑیا نے پھر آواز دی لیکن وہ کچھ نہ بولا۔ سونا جمع کرتا رہا۔ یہ حالت دیکھ کر چڑیا نے سمندر میں چھلانگ لگا دی۔ وہ پانی کے اندر گھس گئی۔ سارا جزیرہ آگ سے جلنے لگا۔ وہ لالچی آدمی بھی اسی آگ میں جل کر راکھ ہو گیا۔

وہ جب لوٹ کر گھر نہیں گیا تو اس کی بیوی گھبرائی ہوئی اس کے چھوٹے بھائی کے پاس آئی اور کہا "اپنے بھائی کا پتہ لگاؤ۔ وہ لوٹ کر نہیں آیا ہے۔"

چھوٹے بھائی نے پتہ لگایا کہ اس کا بھائی مر چکا ہے۔ یہ خبر سن کر اس کی بیوی بہت روئی۔ لیکن اب پچھتانے سے کیا ہوتا ہے۔

کچھ دن بعد اس کے بڑے بھائی کی بیوی بولی۔ "یہ اچھا ہوگا کہ تم مجھ سے شادی کر لو۔ تم اکیلے ہو۔ میں تمہاری دیکھ بھال کروں گی۔"

اُس نے کہا "آپ کا شکریہ۔ میں اپنی دیکھ بھال خود کر سکتا ہوں اور پھر میں یہ بھول نہیں سکتا کہ تم نے مجھے گیہوں بھون کر دیئے تھے۔"

بھولی لڑکی

ایک بھولی سی لڑکی تھی۔ وہ بڑی خوب صورت تھی۔ اس کا نام نینو تھا۔ وہ پیڑ کی شاخ کی طرح نازک اور پھول کی طرح سندر تھی۔ لیکن اسکی خوب صورتی پر ایک دھبہ بھی تھا۔

جب نینو بہت چھوٹی سی تھی تو بچوں کے ساتھ باغ میں کھیلتی تھی۔ اس باغ میں اخروٹ کے بہت سے پیڑ تھے۔ جب اخروٹ پکنے کا زمانہ آیا تو بچوں کا دل اخروٹ کھانے کو للچانے لگا۔ لیکن پیڑ اتنے اونچے تھے کہ بچے اخروٹ توڑ نہیں سکتے تھے۔ انہوں نے ایک ترکیب سوچی۔ بہت سے پتھروں کو جمع کیا اور اخروٹ توڑنے کے لیے کنکریاں مارنے لگے۔ اخروٹ ٹوٹ کر گرنے لگے۔ اتفاق سے ایک کنکری نینو کی بھوں پر پڑی۔ اس کی بھوں پھٹ کر خون بہنے لگا۔ بچوں نے جب نینو کو

زخمی دیکھا تو ڈر کر بھاگ گئے۔

باغ کے مالی نے بے ہوش نینو کو گود میں اٹھایا۔ اور نینو کے گھر پہنچادیا۔ اس کا زخم تو ٹھیک ہوگیا لیکن اس کی بھوں کا نشان نینو کی خوبصورتی پر دھبہ بن گیا۔ اس کی بھوں بالکل ختم ہو گئی تھی۔

نینو جب بڑی ہوگئی تو اس نے اپنے بالوں کی ایک لٹ کو چہرے پر گرایا اور اس دھبہ کو چھپالیا۔ لیکن نینو ہمیشہ یہی سوچتی رہی ـــ یہ زخم کا نشان میری سندرتا پر کبھی نہ مٹنے والا دھبہ ہے۔ پتہ نہیں کوئی مجھ سے شادی بھی کرے یا نہیں۔

کبھی وہ سوچتی ـــ چاند کتنا سندر ہے لیکن اُس کے چہرے پر بھی تو داغ ہیں۔ یہ سوچ کر وہ خوش ہو جاتی لیکن پھر وہ سوچنے لگتی۔ وہ تو چاند ہے۔ ہم سے بہت دور۔ لیکن میں تو انسان ہوں۔ مجھے تو دیکھتے ہی ہر لڑکا شادی کرنے سے انکار کردے گا۔

ایک دن نینو اُسی باغ میں، اُسی اخروٹ کے پیڑ کے نیچے بیٹھی سوچ رہی تھی۔ دور کہیں ایک پیڑ پر ایک لڑکا بیٹھا ہوا اُسے گھور رہا تھا۔ نینو اُسے بہت خوب صورت لگ رہی تھی ـــ اُس پری کی طرح جو پھولوں کے کپڑے

پہنتی تھی۔ پھول کی طرح خوبصورت اور شاخ کی طرح نازک تھی۔ جو نہ دور کہیں پرستان میں پھولوں کے محل میں رہتی تھی۔

وہ لڑکا اُس وقت تک نینو کو دیکھتا رہا جب تک کہ نینو اُٹھ کر اپنے گھر نہ چلی گئی۔ اس لڑکے کا نام اجیت تھا۔ اجیت نے طے کر لیا کہ وہ اس لڑکی سے شادی کرے گا۔ اجیت بھی خوبصورت تھا اور اُس کا باپ بھی عزّت دار آدمی تھا۔

اجیت پیڑ سے نیچے اترا اور نینو کے گھر آیا۔ نینو کا گھر باہر سے بڑا خوب صورت تھا۔ اجیت نے دروازے پر کھڑے نوکر سے کہا "میں تمہارے مالک سے ملنا چاہتا ہوں۔"

نوکر نے اُسے ایک خوب صورت کمرے میں بٹھایا۔ دیوار پر اسی لڑکی کی تصویر تھی جو کچھ دیر پہلے باغ میں بیٹھی تھی۔ تصویر میں وہ لڑکی باغ میں اُڑتی ہوئی تتلیوں کو پکڑ رہی تھی۔ اجیت اٹھ کر اس تصویر کے پاس گیا اور اُسے غور سے دیکھنے لگا۔

وہ تصویر کی سندرتا میں کھو گیا۔ اُس کے کاندھے پر کسی نے ہاتھ رکھا تو وہ گھبرا گیا۔ اُس نے پلٹ کر دیکھا ـــــ ایک بھاری بھرکم

آدمی اُسے دیکھ کر مسکرا رہا ہے۔

اجیت نے گھبرا کر اُسے سلام کیا۔ اُس آدمی نے اجیت کو کرسی پر بٹھایا۔ اجیت نے اس آدمی سے کہا کہ وہ ان کی لڑکی سے شادی کرنا چاہتا ہے۔ نینو کے باپ نے کہا کہ پہلے تم اس کی بیٹی کو دیکھ لو۔ اگر پسند آئے تو شادی کر لینا۔ لیکن اجیت نے کہا — "میں دیکھ چکا ہوں۔ مجھے نینو پسند ہے۔"

دوسرے دن اجیت دولہا بن کر نینو کے گھر آیا۔ نینو کا گھر مہمانوں سے بھرا ہوا تھا۔ سب گا بجا رہے تھے مگر نینو اداس تھی۔ اس کی ایک سہیلی نے پوچھا — "نینو! تو کیوں اُداس ہے؟"

نینو آنکھوں میں آنسو بھر کر بولی — "اجیت نے مجھے دور سے دیکھا ہے۔ جب وہ قریب سے میرا داغ دیکھے گا تو مجھے پسند نہیں کرے گا۔"

"نہیں! اجیت خوب جانتا ہے کہ تیری بھوں پر داغ ہے۔" اس کی سہیلی نے اُسے تسلی دی۔ لیکن نینو ڈرتی رہی۔

شادی ہو کر نینو اجیت کے گھر آ گئی۔ اسے اب بھی یقین تھا کہ

اجیت اس کے چہرے کے داغ کے بارے میں نہیں جانتا ہے اور سچ بھی یہی تھا۔ اجیت نے نینو کو دور سے دیکھا تھا۔ جب اُس نے قریب سے نینو کو دیکھا تو وہ چونک گیا۔ نینو سمجھ گئی۔ بولی :- میرے چہرے پر یہ چوٹ کا نشان ہے۔ جب میں بہت چھوٹی تھی تو دوسرے بچوں کے ساتھ باغ میں کھیل رہی تھی۔ ہم سب اخروٹ توڑنے کے لیے کنکریاں مار رہے تھے۔ اتفاق سے ایک لڑکے کا کنکر میری بھوں پر لگ گیا۔ یہ نشان بچپن ہی سے میرے چہرے پر ہے۔"

اجیت نے پوچھا — "اس لڑکے کا نام کیا تھا؟"

نینو بولی —— "یہ تو مجھے معلوم نہیں۔"

اجیت بولا — "وہ لڑکا میں ہی تھا جس نے تمہارے خوبصورت چہرے پر داغ لگایا۔ میرے دادا جی نے بتایا تھا کہ میں نے ایک لڑکی کو پتھر مار کر زخمی کر دیا تھا۔"

اجیت یہ کہکر اٹھا۔ اس نے برش سے نینو کی بھوں بنا دی۔ اسکے سامنے آئینہ رکھ کر بولا :- "اب دیکھو اپنا چہرہ۔"

نینو نے شیشے میں اپنی صورت دیکھی۔ اس کے چہرے پر بھوں بالکل اصلی لگ رہی تھی۔ دونوں خوش ہو گئے۔

رانی کے پاؤں

بہت دنوں کی بات ہے۔ چین کا ایک راجا تھا۔ اس کا نام چانگ تھا۔ اس کی ایک خوب صورت سی رانی تھی۔ رانی کا نام جِن تھا۔ رانی اتنی سندر تھی کہ چاند بھی اسے دیکھ کر شرما جائے۔ وہ پھولوں کی طرح نازک تھی۔ اسکی آواز بلبل سے زیادہ سُریلی تھی۔ رانی کے پاؤں بہت بڑے تھے۔ یہ اُن دنوں کی بات ہے جب کہ عورتوں کے بڑے پاؤں خوب صورت مانے جاتے تھے۔

چین کی رانی میں بہت سی اچھائیوں کے ساتھ ایک برائی بھی تھی اسے رات کو نیند میں چلنے کی بیماری تھی۔ وہ سوتے سوتے پلنگ سے اٹھتی، کمرے سے باہر آتی اور باغ میں اس طرح گھومتی پھرتی جیسے کہ وہ جاگتے میں چل رہی ہو۔

راجا کے قلعہ کے چوکیدار آدھی رات کو جب باغ میں رانی کو دیکھتے تو انھیں بڑا تعجب ہوتا۔ انھیں اس بات پر بھی تعجب تھا کہ رانی روز رات کو اکیلے گھومتی ہے۔ وہ کسی نوکر سے کچھ نہیں کہتی۔ وہ پھولوں کے پاس جاتی انھیں ہاتھ لگا کر دیکھتی۔ کبھی وہ تالاب کے کنارے بیٹھ کر چاند کو دیکھتی رہتی۔ اور پھر ٹہلتی ہوئی اپنے کمرے میں جا کر سو جاتی۔

ایک دن راجا نے دو نوکرانیوں کی باتیں سنیں۔ وہ دونوں کہہ رہی تھیں کہ رانی روز رات کو اکیلے باغ میں آتی ہے۔ راجا نے دونوں نوکرانیوں کو بلا کر کہا کہ وہ یہ بات کسی سے نہ کہیں۔ ورنہ ان کی گردن کاٹ دی جائے گی۔

اُس رات راجا سویا نہیں۔ جب آدھی رات گزر گئی تو رانی بستر سے اُٹھی۔ چپل پہنے اور باغ کی طرف چل دی۔ راجا بھی اُس کے پیچھے پیچھے چھپ کر چلتا رہا۔ رانی باغ میں پہنچ گئی۔ گلاب کے پھول کے پاس گئی اُسے ہاتھ لگا کر دیکھا۔ پھر دوسرا پھول دیکھا۔ پیڑ میں پڑے ہوئے جھولے میں بیٹھ کر جھولا جھولنے لگی۔ پھر باغ کے تالاب کے کنارے آکر بیٹھ گئی پھر تھوڑی دیر کے بعد اپنے کمرے میں چلی گئی۔ راجا بھی اس کے پیچھے پیچھے

چل دیا۔ وہ اپنے پلنگ پر آکر لیٹ گئی اور آرام سے سوگئی۔

اس رات راجا کو ڈر کی وجہ سے نیند نہیں آئی۔ وہ یہی سوچتا رہا کہ رانی ایسا کیوں کرتی ہے۔ جب صبح ہوئی تو رانی جاگی۔ وہ دن بھر اس کے ساتھ خوش رہی۔ راجا نے سوچا کہ آج رات وہ ضرور رانی سے پوچھے گا۔

جب رات ہوئی تو رانی سوتے سوتے اٹھی اور باغ میں چلی گئی راجا پیڑ کی آڑ میں کھڑا دیکھتا رہا۔ جب رانی تالاب کے کنارے سے اٹھکر کمرے کی طرف آنے لگی تو راجا نے رانی کا ہاتھ پکڑ لیا رانی نے ڈر کر چیخ ماری اور بے ہوش ہوگئی۔

راجا اُسے ہاتھوں پر اٹھا کر کمرے میں لایا اور بستر پر لٹا دیا راجا نے اُس چہرے پر پانی کے چھینٹے دیے تو وہ جاگ گئی۔ راجا کو دیکھ کر وہ مسکرائی اور اٹھکر بیٹھ گئی۔ پھر کہنے لگی۔" آپ تھے میں تو ڈر ہی گئی۔"

راجا نے پوچھا " اچھی رانی! بات کیا ہے؟"
رانی نے ایک لمبی سانس لی۔ اُس نے کہا "بچپن سے مجھے

سونے میں چلنے کی بیماری ہے۔ میں نے آپ کو بتایا بھی نہیں۔ آج میں نے سوتے میں ایک خواب دیکھا کہ آپ مجھے چھوڑ کر چلے گئے ہیں میں آپ کو اکیلے ہی ڈھونڈتی پھر رہی ہوں بہت دنوں تک میں پیدل چلتی رہی۔ لیکن آپ نہیں ملے۔ میں تھک چکی تھی کہ اسی بیچ ایک سونے کا جانور آیا۔ اُس نے ایک ہاتھ میری کمر میں ڈالا اور دوسرا ہاتھ میرے منہ پر رکھ دیا۔ میں ڈر سے چیخ کر بے ہوش ہو گئی۔"

راجا نے کہا "وہ جانور نہیں، میں تھا رانی۔"

صبح کو راجا نے ڈاکٹروں کو بلایا۔ سب نے دھیان سے ساری بات سُنی۔ پھر ایک ڈاکٹر نے بتایا۔" راجا صاحب! رانی کی بیماری ان کے بڑے بڑے پیروں کی وجہ سے ہے۔ جب تک رانی کے پاؤں چھوٹے نہیں ہوں گے یہ اسی طرح سوتے میں چلتی رہیں گی۔"

ڈاکٹر نے رانی کے پاؤں کاٹ کر چھوٹے کر دیے۔ ان پر ایسی دوا لگائی کہ رانی کے پاؤں اسی وقت ٹھیک ہو گئے۔

اس دن کے بعد سے رانی سوتے میں نہیں گئی۔ رانی کا مرض دور ہو گیا۔ راجا بہت خوش ہوا لیکن اپنے چھوٹے پاؤں دیکھ کر رانی کو

بڑا دکھ ہوا۔ وہ اُداس رہنے لگی۔ راجا سمجھ گیا کہ رانی اس لیے اُداس رہتی ہے کہ اس کے پاؤں چھوٹے ہیں۔

راجا نے حکم دیا کہ چین میں جتنی بھی عورتیں ہیں وہ اپنے پاؤں چھوٹے کرا لیں۔ راجا کے ڈاکٹروں نے سب عورتوں کے پاؤں کاٹ کر چھوٹے کر دیے۔

چین میں جب کوئی لڑکی پیدا ہوتی تو اس کے پاؤں میں لوہے کے جوتے پہنا دیے جاتے۔ ان جوتوں کی وجہ سے لڑکیوں کے پاؤں بڑھ نہیں پاتے۔

کچھ دنوں بعد عورتوں کے چھوٹے پاؤں خوبصورتی مانے جانے لگے۔

―――――

جادو کا پیڑ

بہت دنوں کی بات ہے۔ ایک شہر میں ایک آدمی رہتا تھا۔ اس کا نام سلیمان تھا سلیمان کا ایک بہت بڑا سیب کا باغ تھا۔ اُس کے باغ کے سیب بہت خوب صورت اور بہت مزے دار ہوتے تھے۔ جب سلیمان سیبوں سے گاڑی بھر کر پھلوں کی منڈی میں لے جاتا تو اس کے سیب سب سے پہلے بک جاتے سلیمان کو اپنے سیبوں پر بڑا گھمنڈ تھا۔

ایک دن کی بات ہے۔ وہ سیبوں سے گاڑی بھر کر پھلوں کی منڈی میں لایا۔ اس کے پاس ایک فقیر آ کر بولا "مجھے ایک سیب دیدو" سلیمان بڑا گھمنڈی تھا۔ بولا "جا! سیب نہیں ہے۔"

فقیر نے کہا "تمہارے پاس اتنے ڈھیر سارے سیب ہیں ایک سیب مجھے دیدو۔ اللہ برکت دے گا۔"

سلیمان چڑ کر بولا "اللہ برکت دے گا۔ جا پھر اپنے اللہ سے

مانگ۔ مجھے کیوں پریشان کررہا ہے۔ جس نے مجھے دیا ہے وہ تجھے بھی دے گا۔"

فقیر نے بھی قسم کھالی تھی۔ وہ سیب سلیمان ہی سے لے گا۔ سلیمان اور فقیر کی باتیں سن کر بہت سے لوگ جمع ہو گئے۔ کئی لوگوں نے سلیمان کو سمجھایا ——— بھئی سلیمان! ایک سیب فقیر کو دے دو۔ ایک سیب سے کونسی کمی آجائے گی۔" لیکن سلیمان نے بھی ضد پکڑلی۔ کہتا تھا "میں نہیں دوں گا۔ یہ اپنے اللہ سے لے لے سیب۔"

ایک پھل بیچنے والا دوکان دار فقیر کے پاس آیا اور بولا "بابا! یہ لو سیب۔" یہ کہکر اُس نے ایک سیب فقیر کو دینا چاہا۔ لیکن فقیر نے اُس سے سیب لینے سے انکار کردیا۔ وہ برابر یہی ضد کرتا رہا کہ میں تو سیب سلیمان ہی سے لوں گا۔ سلیمان بھی اپنی ضد پر اڑ گیا کہ میں سیب نہیں دوں گا۔

بہت دیر تک بحث ہوتی رہی۔ آخر میں اس دوکان دار نے سلیمان کو سمجھایا کہ میں اپنا سیب تمہاری گاڑی میں ڈالے دیتا ہوں اس دوکان دار نے ایک سیب سلیمان کی سیبوں سے بھری گاڑی میں ڈال دیا اور سلیمان کی گاڑی میں سے ایک سیب لیکر فقیر کو دیدیا۔

اس طرح فقیر اور سلیمان کا جھگڑا ختم ہوا۔

فقیر سیب کو پاکر بہت خوش ہوا۔ اس نے دوکان دار سے چاقو لیکر سیب کاٹا اور لوگوں سے کہا ۔ "آئیے! سیب کھائیے۔"

سب لوگ جمع ہو گئے اور تعجب کرنے لگے کہ بھلا ایک سیب سب لوگ کیسے کھا سکتے ہیں؟ لیکن فقیر کہتا تھا ۔ "میں سب کو کھلاؤں گا۔"

فقیر کی باتیں سُن کر سلیمان کو غصہ آگیا۔ اُس نے فقیر سے کہا ۔ "ارے بے وقوف! یہ ایک سیب سب لوگ کیسے کھائیں گے۔ اگر سب کو کھلانا ہے تو میری گاڑی خرید لے۔"

فقیر نے لوگوں سے کہا ۔ "اگر آپ لوگ سیب کھانا پسند کریں تو میں سیبوں کا انتظام کر دوں۔"

لوگ ہنسنے لگے۔ اُنہیں یقین نہیں آیا۔ وہ سوچنے لگے ۔ بھلا یہ فقیر ہم کو کیسے سیب کھلائے گا؟ کئی لوگوں نے فقیر سے مذاق میں کہا "سلیمان کا سیب بہت مزے دار ہے۔ ہم ضرور کھائیں گے۔"

فقیر نے سب لوگوں کی بات سُنی۔ مسکرایا۔ اُس نے سیب کاٹا اس کا بیج نکالا اور ایک گڑھا کھود کر اس میں بیج بو دیا۔ دوکان دار سے ایک لوٹا پانی لیا اور گڑھے میں ڈال دیا۔

سب لوگ فقیر پر ہنس رہے تھے۔ وہ سمجھ رہے تھے کہ فقیر ضرور کوئی پاگل ہے۔ وہ سب مزہ لینے لگے۔ لیکن یہ کیا؟ وہ حیرت سے دیکھنے لگے۔ ایک چھوٹا سا پودا گڑھے سے نکلا۔ دھیرے دھیرے بڑھنے لگا اور ایک بڑا سا پیڑ بن گیا۔ اُس میں پھول نکل آئے۔ اور دیکھتے ہی دیکھتے سرخ سرخ چمکتے ہوئے سیب نکل آئے۔ سب لوگ حیرت میں پڑ گئے۔

فقیر پیڑ پر چڑھ گیا اور لوگوں کو سیب توڑ توڑ کر بانٹنے لگا۔ ہزاروں لوگوں نے فقیر سے سیب لیے لیکن پیڑ میں سیب کم نہیں ہوئے۔

فقیر پیڑ پر بیٹھے بیٹھے بولا ــــ "آپ لوگ سیب کھائیے۔ خوب پیٹ بھر کر کھائیے اور جب سب کا جی بھر جائے تو مجھ سے کہہ دینا۔"

لوگوں نے خوب پیٹ بھر کر سیب کھائے۔ جب سب لوگ کھا چکے تو فقیر سے بولے ــــ اب ہم سیب کھا چکے ہیں۔ ہمارا جی بھر گیا۔ ہم اور نہیں کھائیں گے۔"

یہ سن کر فقیر مسکراتا ہوا پیڑ سے اُترا اور ایک طرف کو چل دیا۔ سب لوگ حیرت سے اُسے دیکھنے لگے۔

تھوڑی دور جا کر فقیر غائب ہو گیا۔ لوگوں نے تعجب سے ایک دوسرے کو دیکھا۔ انھیں ایسا لگا جیسے وہ خواب دیکھ رہے ہوں۔ سلیمان بھی حیرت میں پڑ گیا۔ جب وہ ٹھیک ہوا اور اپنے سیبوں کی گاڑی کی طرف دیکھا تو اُسے

اور بھی تعجب ہوا گاڑی میں ایک بھی سیب نہیں تھا۔ فقیر نے جادو کا پیڑ لگا کر سلیمان کی گاڑی کے سب سیب لوگوں کو کھلا دیے تھے۔

لوگ سلیمان پر ہنسنے لگے۔ اس کا مذاق اُڑانے لگے۔ دوکان دار بولا — سلیمان! اگر تم ایک سیب فقیر کو دے دیتے تو تمہاری گاڑی کے سب سیب تمہیں مل جاتے۔

دوسرا آدمی بولا — سلیمان بڑا کنجوس ہے۔ اسے اچھی سزا ملی۔

سلیمان کو بڑا افسوس تھا۔ اُس نے دل میں ٹھان لیا کہ وہ اب کسی فقیر کو نہیں جھڑکے گا۔

جادو کا برتن

بہت دنوں کی بات ہے۔ ایک گاؤں میں ایک کسان رہتا تھا۔ ایک دن وہ اپنا کھیت جوت رہا تھا۔ اس کا ہل کسی سخت چیز سے ٹکرایا۔ اس نے ہل جوتنا بند کر دیا۔ اور زمین دیکھنے لگا۔ اس نے دیکھا کہ زمین کے اندر ایک بہت بڑا لوہے کا برتن ہے۔ اس نے بڑی محنت کے بعد اس برتن کو باہر نکالا۔ اتنا بڑا برتن اس نے کبھی نہیں دیکھا تھا وہ برتن اتنا بڑا تھا کہ کئی جانور اس میں چارا کھا سکتے تھے۔

کسان برتن کو گھر لایا۔ اُس نے اور اس کی بیوی نے برتن کو صاف کیا۔ اور گھر میں رکھ لیا۔ اس کی بیوی نے سوچا کہ یہ برتن پرانا سامان رکھنے کے کام آئے گا۔

کسان کی بیوی نے اِدھر اُدھر پھیلا سامان اکٹھا کیا۔ اُس نے سب سے پہلے ایک برش کو برتن میں ڈالا۔ سارا برتن برشوں سے

بھر گیا۔ وہ گھبرا گئی۔ کسان بھی گھبرا گیا۔ پھر دونوں نے بڑی ہمت کر کے برش نکالنا شروع کیے۔ لیکن اُسے یہ دیکھ کر تعجب ہوا کہ وہ جتنے برش نکالتا جاتا، اُتنے ہی برش اس میں بڑھتے جاتے۔ ساری رات دونوں مل کر برش نکالتے رہے۔

جب صبح ہو گئی تو کسان بولا — "اب تھک چکے۔ برش نکالنا بند کر دو۔ شاید یہ جادو کا برتن ہے۔"

کسان کی بیوی بولی — "آپ ٹھیک کہتے ہیں۔ ہم لوگ بڑے غریب تھے اس لیے زمین کے دیوتا نے ہمیں انعام دیا ہے۔ اسے سنبھال کر رکھنا چاہیے۔"

کسان بولا — "دیکھو! تم باتیں بہت کرتی ہو۔ یہ بات کسی سے کہنا نہیں۔ میں بازار جا کر برشوں کو بیچ آتا ہوں۔"

کسان برش چادر میں باندھ کر بازار میں لے گیا۔ برش بہت پیسوں کے بکے۔ اس جادو کے برتن کو پا کر دونوں بہت خوش تھے۔ اب کسان کو پیسوں کی فکر نہ تھی۔ اس طرح کسان اور اس کی بیوی آرام سے گزر کرنے لگے۔ ایک دن کسان برش نکال رہا تھا۔ اس کی جیب میں ایک روپیہ تھا وہ روپیہ برتن میں گر گیا۔ برتن کے اندر کے سب برش غائب ہو گئے اور سارا برتن روپیوں سے بھر گیا۔ دونوں میاں بیوی حیرت سے ایک دوسرے کا

منہ دیکھنے لگے۔

اب کسان ایک امیر آدمی بن گیا تھا۔ وہ ضرورت کے پیسے برتن سے نکالتا اور اپنا کام چلاتا۔

کسان کا ایک بوڑھا باپ تھا۔ وہ کسان کے ساتھ رہتا تھا۔ وہ بہت کمزور تھا۔ ہر وقت پلنگ پر پڑا رہتا تھا۔ لیکن کسان کی بیوی اتنا روپیہ پاکر گھمنڈی ہوگئی تھی۔ وہ لالچی بھی تھی۔ ایک دن اُس نے کسان کے بوڑھے باپ سے کہا — "تم دن بھر پلنگ پر بے کار پڑے رہتے ہو۔ جاؤ! اس برتن سے روپیہ نکال کر جمع کرتے رہو۔"

بوڑھے نے دھیرے سے کہا — "میں بہت کمزور ہوگیا ہوں۔ پلنگ سے اُٹھ بھی نہیں سکتا۔ یہ کام میں نہیں کرسکتا۔"

رات کو کسان آیا تو اس کی بیوی نے بوڑھے کی شکایت کی — "تمہارا باپ بڑا کام چور ہے۔ پلنگ پر پڑے پڑے کاہل ہوگیا ہے۔ میں نے برتن سے روپیہ نکالنے کو کہا تو بولا — "یہ کام میں نہیں کرسکتا۔"

کسان کو اپنے باپ پر غصہ آیا۔ وہ باپ کے پاس جاکر بولا — "دن بھر بے کار بیٹھے رہتے ہو۔ جاؤ! برتن سے روپیہ نکال کر جمع کرو۔"

بوڑھا بڑی مشکل سے پلنگ سے اٹھا۔ برتن کے پاس آیا اور روپیے نکالنے لگا۔ اس کے ہاتھ پاؤں کانپ رہے تھے۔ ابھی تھوڑی دیر بھی

نہیں گزری تھی کہ بوڑھا برتن میں گر پڑا۔ اس کی چیخوں کی آواز سن کر کسان اور اسکی بیوی بھاگے بھاگے آئے۔ دونوں نے مل کر بوڑھے کو برتن سے نکالا۔ بوڑھا مر چکا تھا۔ اُس نے برتن کی طرف دیکھا تو دوسرا بوڑھا نظر آیا۔ انہوں نے اسے بھی نکالا تو تیسرا بوڑھا دکھائی دیا۔

اس طرح کسان کا گھر مرے ہوئے بوڑھوں کی لاشوں سے بھر گیا سارے گھر میں ہر طرف مُردے ہی مُردے دیکھ کر کسان اور اس کی بیوی ڈر سے تھر تھر کانپنے لگے۔

کسان نے فوراً اُس برتن کو توڑ دیا۔ اس طرح کسان کے لالچ نے مفت کی دولت کو کھو دیا۔

تتلیوں کا ناچ

بہت دنوں کی بات ہے۔ چین میں ایک راجا تھا۔ اُس نے ایک عورت کو شہر کا کوتوال بنادیا۔ یہ عورت شہر کا انتظام بہت اچھا کرتی تھی۔ راجا بھی اس سے بہت خوش تھا۔ جب چور اور ڈاکو پکڑ کر لائے جاتے تو کوتوال عورت اُن سے جرمانہ لے کر سرکاری خزانے میں جمع کراتی۔

کوتوال عورت کی ایمانداری کی وجہ سے ایک طرف شہر میں چوریاں کم ہو گئیں اور دوسری طرف خزانے میں روپیہ خوب جمع ہونے لگا۔ کچھ دنوں بعد کوتوال عورت کی نیت خراب ہونے لگی۔ اُس کے دل میں لالچ آگیا۔ وہ سوچنے لگی کہ روپیہ تو سرکاری خزانے میں چلا جاتا ہے اور مجھے کچھ نہیں ملتا۔

ایک دن ایک چور پکڑ کر آیا۔ کوتوال عورت نے اس پر پانچ روپیہ جرمانہ کیا تو وہ چور کہنے لگا ــــ "میں بہت غریب آدمی ہوں میرے پاس روپیہ نہیں۔ آپ مجھے چھوڑ دیں۔ میں آپ کو بہت خوبصورت تحفہ لاکر دوں گا۔

کوتوال عورت نے اُسے چھوڑ دیا۔ دوسرے دن وہ چور ہزاروں تتلیاں پکڑ کر لایا۔ تتلیاں اتنی خوب صورت تھیں کہ کوتوال عورت کے منہ میں پانی آگیا۔ بہت ساری رنگ برنگی، خوب صورت پنکھوں والی تتلیوں کو دیکھ کر وہ بہت خوش ہوئی۔

وہ تتلیاں اپنے گھر لے گئی۔ سب تتلیوں کی ٹانگوں میں اُس نے ڈورے سے چھوٹے چھوٹے کاغذ باندھ دیے۔ کاغذ کے بوجھ سے تتلیاں خوب اونچا اُڑ نہیں سکتی تھیں۔ وہ تھوڑی سی اونچائی تک اُڑتیں اور پھر کاغذ کے وزن سے نیچے گر جاتیں۔ کوتوال عورت کو بڑا مزا آنے لگا۔ وہ روزانہ تتلیوں کا ناچ دیکھتی اور خوش ہوتی۔

جب کبھی کوئی چور یا ڈاکو پکڑ کر آتا۔ کوتوال عورت ان پر روپیہ کی جگہ تتلیوں کا جرمانہ ڈالتی۔ اور وہ تتلیاں لاکر کوتوال عورت کو دے دیتے اس طرح کوتوال عورت کا گھر رنگ برنگی اور طرح طرح کی تتلیوں سے بھر گیا۔

کوتوال عورت کو ایک اور بری عادت تھی۔ وہ روز رات کو خوب شراب

پیتی پھر تتلیوں کا کمرہ کھول دیتی تتلیاں کمرے سے نکل کر اس طرح اُڑنے لگتیں جیسے وہ قید سے چھوٹی ہوں۔ وہ اوپر اڑتیں، پھر گر جاتیں۔ تتلیوں کا ناچ دیکھنے میں اُسے اتنا مزہ آتا کہ وہ نہ کہیں جاتی اور نہ کسی کو گھر میں آنے دیتی۔

ادھر راجا کو جب معلوم ہوا کہ سرکاری خزانے میں جرمانے کے روپے نہیں آرہے ہیں تو وہ بہت پریشان ہوا۔ راجا کے وزیر نے پتہ لگا کر راجا کو ساری بات سمجھادی۔ راجا کو جب یہ معلوم ہوا کہ کوال عورت روپے کی جگہ تتلیاں لیتی ہے تو اُسے بہت غصہ آیا۔ اُس نے طے کر لیا کہ وہ اس کوتوال عورت کو سخت سزا دے گا۔

ایک دن تتلیوں کا ڈانس دیکھ کر اور شراب پی کر کوتوال عورت سوگئی تو اس نے دیکھا کہ اس کی قید سے آزاد ہو کر ایک تتلی اس کے قریب آئی۔ تتلی کی آنکھیں غصہ سے لال انگارا ہو رہی تھیں۔

اس تتلی نے کوتوال عورت سے کہا۔ "تو بڑی ظالم ہے۔ تو نے میرے بچوں کو قید کر رکھا ہے۔ ان کے آنکھوں میں کاغذ باندھ کر ان کا ناچ دیکھتی ہے۔ تجھے شرم نہیں آتی۔ میرے پیارے بچوں کو دکھ دیتی ہے۔"

کوتوال عورت کو تتلی کی لال لال آنکھوں سے ڈر لگنے لگا۔ اسے ایسا لگا کہ یہ تتلی کی آواز نہیں ہے بلکہ کہیں زوردار بادل گرج رہے ہیں۔ بجلی چمک رہی ہے۔ پھر بھی کوتوال عورت نے کانپتے ہوئے کہا ــــ "تو کون ہے؟"

تتلی بولی ــــ "میں ان پریوں کا راجا ہوں۔ تیرے دھوکے میں آکر قید ہو گیا تھا۔ اب میں آزاد ہوں۔ اب میں تجھ سے پوچھوں گا اگر تو اپنی جان بچانا چاہتی ہے تو ان تتلیوں کو آزاد کر دے۔"

کوتوال عورت بولی ــــ "میں تجھ سے ڈرتی نہیں۔"

کوتوال عورت نے دیکھا کہ تتلیوں کا راجا ایک دم بڑا ہو گیا اس کے پنکھ سارے کمرے میں پھیل گئے۔ اس کے ہاتھ ہاتھی کی سونڈ کی طرح بڑے بڑے اور موٹے ہو گئے۔ تتلیوں کے راجا نے اپنا ہاتھ بڑھا کر کوتوال عورت کی گردن پکڑلی۔ وہ ڈر کر چیخنے لگی۔ اس کی فوراً آنکھ کھل گئی۔ اس نے دیکھا کہ اس کی نوکرانی اس کا سر ہلا کر اسے جگا رہی ہے۔

کوتوال عورت نے آنکھیں کھول کر اپنی نوکرانی کو دیکھا تو نوکرانی بولی ــــ "جلدی اٹھیے! راجا صاحب آئے ہیں

کوتوال عورت گھبرا کر اٹھی. اُس نے گھبرا کر دیکھا. کمرہ تتلیوں سے بھرا تھا. باہر آئی تو راجا صاحب کھڑے تھے. اُس نے راجا صاحب کو جھک کر سلام کیا. لیکن رات کی شراب کا نشہ ختم نہیں ہوا تھا. وہ جیسے ہی جھکی اوندھے منہ فرش پر گر پڑی.

راجا نے غصہ میں اسے ایک ٹھوکر ماری. اس کے کمرے کا دروازہ ٹھوکر مار کر کھولا. راجا نے دیکھا کہ لاکھوں تتلیاں کمرے میں بھری پڑی ہیں. وہ تھوڑی اونچائی تک اُڑتی ہیں اور کاغذ کے بوجھ کی وجہ سے گر پڑتی ہیں.

یہ دیکھ کر راجا کو بہت غصہ آیا. اُس نے وزیر سے کہا۔ "اس ظالم عورت کو جیل خانے میں ڈال دو اور ان تتلیوں کے ڈور سے کاٹ کر انھیں آزاد کر دو۔"

ایک چوہیا شیرنی

بنارس میں ایک برہمن رہتا تھا۔ وہ جادو بھی جانتا تھا۔ وہ بہت رحم دل آدمی تھا۔ ہمیشہ دوسروں کی مدد کرتا۔ وہ جادو کا استعمال بھی اچھے کاموں میں کرتا تھا۔ کسی کو اپنے جادو سے نقصان نہیں پہنچاتا تھا۔

ایک دن برہمن نے دیکھا کہ ایک چھوٹی سی چوہیا کو بلّی نے اپنے پنجے میں پکڑ لیا۔ اس سے پہلے کہ بلی چوہیا کو کھا لے برہمن بلّی کے پیچھے دوڑا۔ بلّی ڈر کر بھاگ گئی۔ برہمن نے چوہیا کو اٹھا لیا چوہیا بہت زخمی ہو گئی تھی۔ اس کے جسم پر جگہ جگہ پنجے لگے ہوئے تھے۔ برہمن چوہیا کو اٹھا کر گھر میں لایا۔ اس کے زخموں پر دوا

لگائی اور اُسے نرم نرم روئی پر لٹا دیا۔

کچھ دن بعد چوہیا ٹھیک ہو گئی۔ برہمن نے چوہیا کو چھوڑ دیا وہ اپنے بل میں چلی گئی۔ کچھ دن بعد پھر اسی بلّی نے چوہیا کو پکڑنے کی کوشش کی۔ برہمن نے سوچا کہ جب تک یہ چوہیا رہے گی بلّی اسے ضرور کھائے گی۔

برہمن نے اپنے جادو سے چوہیا کو ایک طاقت ور بلّی بنا دیا بلّی نے جب اپنے سے زیادہ طاقت ور بلّی کو دیکھا تو وہ ڈر کر بھاگ گئی۔ برہمن بہت خوش ہوا۔ اُس نے سوچا کہ اب چوہیا کو کوئی بلّی نہیں کھائے گی۔

ایک دن برہمن نے دیکھا کہ چوہیا بلّی کو ایک کتّے نے پکڑ لیا برہمن سمجھ گیا کہ جب تک چوہیا بلّی کتا نہیں بنے گی، کتّے اسے پریشان کرتے رہیں گے۔ اس لیے برہمن نے اپنے جادو سے اسے ایک موٹا تازہ کتا بنا دیا۔ کتا — چوہیا کتّے سے ڈر کر بھاگ گیا۔

ایک دن برہمن اور چوہیا کتا جنگل میں جا رہے تھے۔ کہیں سے ایک شیر آ گیا۔ شیر کتے پر جھپٹا۔ برہمن نے اپنے جادو سے چوہیا کتے

کو ایک بہت طاقتور شیر بنا دیا۔ چوہیا شیر کو دیکھتے ہی اصلی شیر دم دبا کر بھاگ گیا۔

اب چوہیا شیر جنگل میں رہنے لگا۔ تھوڑے دن بعد جنگل کے سب جانور جان گئے کہ چوہیا شیر پہلے ایک چوہیا تھی۔ برہمن نے اسے جادو سے شیر بنا دیا ہے۔ سب جانور اسے "چوہیا شیر" کہہ کر پکارنے لگے۔ اس کا مذاق اُڑانے لگے۔

چوہیا شیر جنگل کے سب جانوروں کی باتیں سن کر دل ہی دل میں جل کر رہ جاتا۔ اس کا جی چاہتا کہ ان جانوروں کو چیر پھاڑ کر کھا جائے لیکن اسے برہمن کی نصیحت یاد آجاتی۔ برہمن نے اُس سے کہا تھا "اگر تم نے کسی جانور کو مارا تو میں تمہیں چوہیا بنا دوں گا۔"

چوہیا شیر اداس رہنے لگی۔ گیدڑ اور لومڑی تک اس کا مذاق اڑاتے تھے۔ وہ سوچنے لگی۔ آخر میں اس نے یہی نتیجہ نکالا کہ جب تک برہمن زندہ ہے اُسے بے عزتی برداشت کرنا پڑے گی اس نے دل میں فیصلہ کر لیا کہ وہ برہمن ہی کو مار ڈالے گی۔

ایک دن وہ برہمن کو مار ڈالنے کے ارادے سے اس کے گھر چل دی۔ برہمن اپنے جادو کے ذریعہ یہ جان گیا کہ چوہیا شیر

اُسے مارنے آرہا ہے۔ جیسے ہی چوہیا شیر اس کے گھر میں آیا برہمن نے اُسے اپنے جادو سے پھر چوہیا بنا دیا۔

بچو! یاد رکھو۔ ہمیشہ اُس آدمی کی عزت کرو جس نے تمہیں عزت دی۔ جس نے تمہیں طاقت دی۔ جس نے تم پر احسان کیا۔ جو آدمی اپنے بھلائی کرنے والے کو طاقت کے نشے میں بھول جاتا ہے، اُس کا انجام چوہیا جیسا ہوتا ہے۔

نادان برہمن

بہت دنوں کی بات ہے. متھرا میں ایک برہمن رہتا تھا . وہ پوجا کر کے اپنی روزی کماتا تھا. جو کچھ اسے پوجا میں ملتا اسی سے وہ اپنا گھر چلاتا. ایک دن اس کی بیوی نے کہا ــ "میں پوجا کرنے گنگا ندی پر جا رہی ہوں. تم بچے کا خیال رکھنا میں دیر سے لوٹوں گی." یہ کہہ برہمن کی بیوی پوجا کرنے چلی گئی.

برہمن کا بچہ چار مہینے کا تھا. اس کے گھر ایک نیولا بھی پلا ہوا تھا. برہمن بچے کے پاس بیٹھ گیا.

تھوڑی دیر بعد راجا کا ایک نوکر آیا. اُس نے برہمن سے کہا "راجا صاحب پوجا کرانے تمہیں بلا رہے ہیں." برہمن سوچ میں پڑ گیا. چھوٹا سا بچہ اکیلا تھا. وہ سوچنے لگا ــ اگر میں راجا صاحب

کو پوجا کرانے نہیں گیا تو کوئی دوسرا برہمن چلا جائے گا۔ راجا صاحب ناراض ہو جائیں گے اور پھر اسے نہیں بلائیں گے اُسے روپیہ بھی نہیں ملیں گے۔ اگر روپیہ کمانے کا راستہ ہی بند ہو گیا تو چھوٹے سے بچے کو کون دیکھے گا؟ اس کی سمجھ میں نہیں آیا کہ وہ کیا کرے؟

وہ سوچ ہی رہا تھا کہ اس کی نظر نیولے پر پڑی۔ اس چھوٹے سے دوست پر اسے پورا بھروسہ تھا۔ وہ کئی بار نیولے کو بچے کی دیکھ بھال کے لیے چھوڑ گیا تھا۔

برہمن نے نیولے سے کہا ― "دیکھو میرے چھوٹے سے دوست! میں راجا کو پوجا کرانے جا رہا ہوں۔ تم اس چھوٹے سے بچے کی دیکھ بھال کرنا۔"

نیولے نے سر اُٹھا کر برہمن کو دیکھا جیسے وہ کہہ رہا ہو۔ "تم جاؤ! میں بچے کی حفاظت کروں گا۔" برہمن نوکر کے ساتھ برہمن کے گھر چلا گیا۔

نیولا بچے کے پلنگ کے قریب آگیا او بچے کے ساتھ

کھیلنے لگا۔ اس سے پہلے بھی کئی بار برہمن نیولے پر بھروسہ کر کے باہر چلا گیا تھا۔

تھوڑی دیر بعد نیولے کو سانپ کے چلنے کی سڑپ سڑپ کی آواز آئی۔ وہ اس آواز کو خوب پہچانتا تھا۔ وہ پلنگ سے اتر کر نیچے فرش پر آگیا۔ نیولے نے دیکھا کہ ایک بڑا سا کالا سانپ فرش پر چل رہا ہے۔ سانپ بچے کی طرف آرہا تھا۔ نیولے نے فوراً سانپ کو پکڑ لیا۔ اپنے تیز دانتوں سے سانپ کے ٹکڑے ٹکڑے کر ڈالے۔

تھوڑی دیر بعد برہمن واپس آگیا۔ اُس نے دروازے کی کنڈی کھولی۔ نیولا خوشی خوشی دروازے پر گیا۔ نیولا سوچ رہا تھا کہ آج اس کا مالک اس سے بہت خوش ہوگا۔

برہمن جیسے ہی گھر میں داخل ہوا، اُس کی نظر نیولے پر پڑی نیولے کے منہ اور پنجوں پر خون لگا ہوا دیکھ کر وہ سمجھا کہ آج نیولے نے اُس کے بچے کو مار ڈالا۔ اور اب نیولا دروازے سے بھاگنا چاہتا ہے۔ یہ سوچ کر برہمن کو بہت غصہ آیا۔ اُس نے فوراً دروازے کی کنڈی لگائی اور ڈنڈا اٹھا کر نیولے کو مار ڈالا۔

برہمن بھاگ کر اندر گیا۔ بچہ پلنگ پر بیٹھا کھیل رہا تھا۔ اور پلنگ کے نیچے ایک سانپ مرا پڑا تھا۔ سانپ کے نیولے کے ٹکڑے ٹکڑے کر دیے تھے۔

برہمن سب کچھ سمجھ گیا۔ اپنے چھوٹے سے دوست کی موت پر اُسے بہت افسوس ہوا۔

بچو! یاد رکھو! اپنے دوست پر فوراً شک نہ کرنا چاہیے۔ پہلے خوب بات کو سمجھ لو، پھر کوئی فیصلہ کرو۔ ہو سکتا ہے تمہارا فیصلہ نیولے جیسے دوست کو کھو دے۔

باتونی کچھوا

بہت دنوں کی بات ہے۔ مگدھ شہر میں ایک چھوٹی سی جھیل تھی۔ اس میں بہت خوب صورت کنول کے پھول تھے چاروں طرف ہرے بھرے پہاڑ تھے۔ صبح سے شام تک پہاڑ کے پرندے جھیل کے چاروں طرف پیڑوں پر چہچہاتے رہتے۔ یہ جھیل اتنی دور تھی کہ کوئی شکاری اس طرف نہیں آتا تھا۔ اس لیے سب پرندے بڑی آزادی سے رہتے تھے۔

اس جھیل میں ایک کچھوا بھی رہتا تھا۔ جھیل کے کنارے دو مرغابیاں بھی رہتی تھیں۔ کچھوے اور مرغابیوں کی بڑی دوستی تھی۔ یہ تینوں دن بھر جھیل کے کنارے باتیں کرتے رہتے تھے۔

ایک دن کچھ شکاری رات کے وقت جھیل پر آئے۔
ایک شکاری کہنے لگا — "آج رات ہم آرام کرلیں۔ صبح کو جال ڈال کر سب مچھلیاں اور کچھوے پکڑلیں گے۔"
کچھوا شکاری کی بات سن کر بڑا پریشان ہوا۔ وہ فوراً مرغابیوں کے پاس گیا۔ مرغابیاں کچھوے کی بات سن کر کچھ پریشان ہوئیں۔ انھوں نے دیکھا کہ دو شکاری ایک پیڑ کے نیچے سو رہے ہیں۔

کچھوا بولا — "اب آپ ہی بتائیں۔ مجھے کیا کرنا چاہیے؟"
ایک مرغابی بولی — "دوست! ہمیں پہلے خاموشی سے سوچنے دو۔ یہ اندازہ لگانے دو کہ کیا پریشانیاں سامنے آسکتی ہیں۔ پھر ہم کوئی فیصلہ کریں گے۔"
کچھوے نے مرغابی کی بات سن کر جلدی سے کہا — "کہیں سوچتے سوچتے ہمارا انجام اُن مچھلیوں جیسا نہ ہو جنہوں نے شکاری دیکھ کر کہا تھا — فوراً بھاگ چلو — وقت تو آنے دو — اور جب مصیبت آئے گی تو دیکھا جائے گا۔ "فوراً بھاگ چلو" اور "وقت تو آنے دو" کہنے والی مچھلیاں زندہ بچ گئیں لیکن "جب مصیبت آئے گی تو دیکھا جائے گا" کہنے والی مچھلی شکاری کے ذریعہ

ماری گئی تھی۔"

مرغابی نے کہا ـــــ کچھوے دوست! یہ تین مچھلیوں والی کیا کہانی ہے؟ ہمیں بھی سناؤ۔"

کچھوے نے کہانی سنانا شروع کی ـــــ

ایک تالاب میں تین مچھلیاں رہتی تھیں۔ ایک شکاری رات کو آیا۔ اُس نے کہا ـــ "صبح کو جال ڈالیں گے۔"

شکاری کی بات سُن کر ایک مچھلی بولی ـــ "ہمیں فوراً کسی دوسرے تالاب پر چل دینا چاہیے۔"

دوسری مچھلی بولی ـــــ "وقت آنے سے پہلے ہمیں حالات سے نبٹنے کے لیے تیار رہنا چاہیے۔"

تیسری مچھلی نے کہا ـــــ "بھاگنے سے کوئی فائدہ نہیں۔ جو قسمت میں لکھا ہے وہی ہوگا۔ اگر ہماری موت آنا ہے تو کوئی روک نہیں سکتا۔"

پہلی مچھلی راتوں رات دوسرے تالاب پر چلی گئی۔ باقی دونوں مچھلیاں تالاب میں رہیں۔ صبح کو شکاری نے جال ڈالا۔ دونوں مچھلیاں جال میں پھنس گئیں۔ وہ مچھلی جس نے کہا تھا ـــ "حالات سے مقابلہ کرنے کے لیے تیار رہو" ایسی بن گئی جیسے وہ مری ہوئی ہو۔

شکاری نے اُسے مرا ہوا سمجھ کر تالاب کے کنارے ڈال دیا۔

اور تیسری مچھلی جال میں پھنس کر تڑپنے لگی. شکاری اُسے پکڑ کر لے گیا. جب شکاری چلا گیا تو دوسری مچھلی کود کر پھر تالاب میں چلی گئی.

یہ کہانی سن کر کچھوے نے کہا "ہمیں فوراً دوسرے تالاب کی طرف چل دینا چاہیے. ورنہ ہمارا انجام بھی تیسری مچھلی جیسا ہوگا."

مُرغابی بولی "یہ کیسے ممکن ہے؟"

کچھوے نے کہا "تم دونوں اپنے پنجوں سے لکڑی کے دونوں سرے پکڑ لینا اور میں اپنے منہ سے لکڑی پکڑ کر لٹک جاؤں گا. تم دونوں آسمان میں اُڑ کر دوسری جھیل پر چلے جانا. اس طرح میں آسانی سے دوسری جھیل پر چلا جاؤں گا."

مرغابی نے جواب دیا "تمہاری ترکیب تو اچھی ہے لیکن ایک عقل مند کو کوئی کام کرنے سے پہلے خوب سوچ لینا چاہیے. اگر اُس نے ایسا نہیں کیا تو اس کا انجام اُس بگلے جیسا ہوگا جس نے بغیر سوچے سمجھے کام کیا تھا."

"اُس بگلے کی کیا کہانی ہے؟ مجھے بتاؤ." کچھوے نے جلدی سے کہا.

مرغابی نے کہانی کہنا شروع کی —— "ایک تالاب کے کنارے ایک پیڑ پر بگلوں کا جھنڈ رہتا تھا۔ اسی پیڑ کی جڑ میں ایک سانپ بھی رہا کرتا تھا۔ یہ سانپ بگلوں کے چھوٹے بچوں کو کھا جاتا تھا۔ سب بگلے اس سانپ سے بہت پریشان تھے۔

ایک دن بگلوں نے فیصلہ کیا کہ ہمیں کچھ نہ کچھ کرنا چاہیے۔ اپنے دشمن سے مقابلہ کرنے کے لیے وہ مِل جُل کر کوئی ترکیب سوچنے لگے۔ آخر میں ایک بوڑھے بگلے نے کہا کہ —— "تم جانتے ہو کہ ہم سانپ جیسے دشمن سے مقابلہ نہیں کر سکتے۔ میں نے ایک ترکیب سوچی ہے۔ وہ یہ کہ اس پیڑ سے تھوڑے فاصلہ پر ایک نیولا رہتا ہے۔ اور تم جانتے ہو کہ نیولے اور سانپ کی پرانی دشمنی ہے ہمیں چاہیے کہ ہم تالاب سے مچھلیاں پکڑ کر نیولے کے بِل میں ڈالیں اور بل سے باہر مچھلیوں کی لائن بناتے ہوئے سانپ کے بل تک لے آئیں۔ نیولا مچھلیوں کو کھا کر باہر نکلے گا اور ایک ایک مچھلی کھاتا ہوا سانپ کے بل تک آجائے گا۔ وہ یہ سمجھے گا کہ مچھلیاں سانپ کے بِل سے نکل کر باہر آرہی ہیں۔ اس لیے وہ بِل میں گھس کر سانپ کو مار ڈالے گا

بوڑھے بگلے کی بات فوراً سب نے مان لی۔ انہوں نے

جھٹ پٹ تالاب سے کچھ مچھلیاں پکڑ کر نیولے کے بل میں ڈالنا شروع کردیں۔ پھر مچھلیوں کی لائن بنا کر سانپ کے بل تک لے آئے۔ نیولا مچھلیاں کھاتا ہوا سانپ کے بل تک آ گیا۔ وہ سمجھا کہ مچھلیاں اسی بل سے نکل رہی ہیں اس لیے وہ بل میں گھس گیا اور سانپ کو وہاں دیکھ کر اسے کھا لیا۔

بگلے بہت خوش ہوئے۔ ابھی وہ اپنے دشمن کی موت پر خوش ہو ہی رہے تھے کہ نیولا پیڑ پر چڑھ گیا اور اُس نے بگلوں کے سب بچے کھا لیے۔

یہ کہانی سنا کر مرغابی نے کہا — بھئی کچھوے ہم ذرا سوچ لیں۔ جب تک تم خاموش رہو۔

تھوڑی دیر کے بعد مُرغابی بولی — دیکھو دوست!

ہم تمہیں دوسرے تالاب پر تو لے چلتے ہیں لیکن اس میں پریشانی ہے۔

کچھوا جھٹ سے بولا — وہ کیا؟

مُرغابی نے کہا — وہ یہ کہ تم بولتے بہت ہو۔ اگر تم یہ وعدہ

کرو کہ بولو گے نہیں تو ہم تم کو لیے چلتے ہیں۔

کچھوے نے وعدہ کرلیا کہ وہ بولے گا نہیں۔

دونوں مرغابیاں ایک لکڑی لائیں۔ انہوں نے بیچوں بیچ لکڑی کے دونوں سروں کو پکڑا اور کچھوے سے کہا ـ تم منہ سے پکڑ کر لٹک جاؤ لیکن بولنا نہیں۔

مرغابیاں کچھوے کو لے آسمان میں اڑ گئیں۔ جب وہ شہر کے اوپر سے اڑ رہی تھیں تو بچوں نے انھیں دیکھ کر خوب شور مچایا۔ بہت دیر تک تو کچھوا خاموش رہا۔ پھر جیسے ہی کچھ بولنے کے لیے منہ کھولا وہ نیچے گر کر مر گیا۔

اپنے نادان دوست کی موت پر مرغابیوں کو بڑا افسوس ہوا۔ سچ ہے۔ اپنے دوستوں کی نصیحت پر عمل نہ کرنے کا نتیجہ ہمیشہ بُرا ہوتا ہے۔

رحم دل ڈاکو

بہت دنوں کی بات ہے۔ چین میں ایک لڑکا رہتا تھا اس کا نام تھا لِن پان۔ جب وہ چھوٹا سا تھا تو اس کے باپ مر گئے۔ باپ کے مرنے کے بعد اس کو اس کی ماں نے پالا تھا۔ جب بچہ ذرا بڑا ہو گیا تو وہ خود کھیت پر جانے لگا۔ صبح سویرے وہ اپنے بیلوں کو لے کر کھیت پر چلا جاتا اور رات کے وقت وہ اپنے کھیت سے گھر لوٹتا۔

اس کی ماں گھر کا کام سنبھالتی اور لِن پان کھیت میں کام کرتا۔ لِن پان بڑا محنتی تھا۔ وہ گھر کا اکیلا تھا اس لیے اُسے کھیت پر اکیلے ہی محنت کرنا پڑتی تھی۔ گاؤں کے سبھی لوگ لِن پان کو بہت پسند کرتے تھے۔ اتنی چھوٹی سی عمر کے بچے

گاؤں میں اِدھر اُدھر بے کار بھی کھیلتے یا پھر وہ گائے بھینیں چرانے چلے جاتے لیکن لِن پان جانتا تھا کہ اگر اس نے محنت نہیں کی تو اُس کے باپ کا کھیت بک جائے گا۔ اس کی ماں دوسروں کے کھیت میں مزدوری کرے گی۔

لِن پان کی محنت کا پھل اسے بہت اچھا ملا۔ سارے گاؤں میں لِن پان کا کھیت سب سے ہرا بھرا تھا۔ ایک ایک چاول لہلہا کر نکلا تھا۔ دھان کی ہر بال دھانوں سے لدی ہوئی تھی۔ اپنی محنت کو پھلتا پھولتا دیکھ کر لِن پان بہت خوش ہوتا تھا۔ اور خوشی کی بات بھی تھی۔ اس نے اپنے کھیت کی جُتائی اور بوآئی کے لیے کسی مزدور کو نہیں لیا تھا اور لیتا بھی کہاں سے۔ گھر میں کچھ تھا ہی نہیں۔ ایک ہل دو بیلوں کے سہارے اس نے سب کچھ کیا تھا۔

گاؤں کے سب لوگ اس کا کھیت دیکھتے اور خوش ہوتے۔ کوئی بوڑھا اپنے آوارہ بچوں کو لِن پان کے کھیت پر لیجاتا اور اُن سے کہتا —— "دیکھو بیٹا! زمین سونا اس طرح اگلتی ہے۔ لِن پان کا یہ کھیت دیکھو۔ کیسی لہلہا رہی ہیں یہ بالیاں انسان کی محنت اس طرح پھوٹ کر نکلتی ہے۔

گاؤں کی عورتیں جب لِن پان کے کھیت سے گزرتیں تو اُسے خوب دعائیں دیتیں اور لن پان سر جھکا کر اپنی تعریف سنتا رہتا۔

جب فصل پک کر تیار ہو گئی تو لِن پان اپنی ماں کو کھیت پر لایا جب لِن پان اور اس کی ماں ہان یو چاچا کے مکان سے گزرے تو انہوں نے دونوں کو روک لیا۔ اُنھیں گرم گرم چائے پلائی اور لِن پان سے بولے —— "بیٹا! یہ رتھ کھڑا ہے۔ اس میں بٹھا کر اپنی ماں کو لے جا۔ یہ بے چاری کہاں اتنی دور تک پیدل جائے گی۔"

لِن پان بولا —— "چاچا! آپ کا بہت بہت شکریہ۔ اپنا راستہ اپنے ہی پاؤں سے کٹتا ہے۔"

لن پان کی ماں بولی —— "بھیا! ہمیں تو بہت دور تک پیدل چلنا ہے۔ ابھی تو ہم نے چلنا شروع کیا ہے۔ جب تھک جائیں گے تو ضرور تم سے رتھ مانگ لیں گے۔"

یہ کہہ کر دونوں کھیت کی طرف پھر چل دیے۔ وہ دونوں صبح پانچ بجے گھر سے چلے تھے اور آٹھ بجے کھیت پر پہنچ گئے۔

ماں کھیت دیکھ کر بہت خوش ہوئی۔ لن پان کا پیلا پیلا کھیت سورج کی روشنی میں سونے کی طرح جگمگا رہا تھا۔ اُس نے دھانوں کی بالوں کو ہاتھ میں لے کر دیکھا۔ وہ چاروں طرف گھوم پھر کر کھیت دیکھنے لگی۔ اور پھر اس کی آنکھوں سے آنسو نکل آئے۔

ماں کو روتا دیکھ کر لن پان کا چہرہ اتر گیا۔ اُس نے پوچھا "کیوں ماں؟ کیا بات ہے؟ تو رو کیوں رہی ہے۔"

ماں نے پیار سے لن پان کے سر پر ہاتھ رکھا اور بولی "بیٹا! اگر آج تیرا باپ زندہ ہوتا تو بہت خوش ہوتا۔"

ماں کی بات سن کر لن پان کا دل مرجھا گیا۔ پھر اُس نے لہلہاتے ہوئے دھانوں کے پودوں کو دیکھا اور اپنی ماں سے کہنے لگا ـــــ "ماں! ان پودوں کو دیکھ۔ آج یہ کیسے خوشی میں جھوم رہے ہیں اور کل میں انھیں کاٹ دوں گا۔ اس میں سے ننھے ننھے سفید چاول نکالوں گا۔ سفید سفید چمک دار چاول۔ اور پھر اگلے برس بو دوں گا۔ پھر اگلے برس انھیں اسی کھیت میں بو دوں گا۔ اور پھر......

اور پھر اسی طرح لہلہانے لگیں وہ چاول کے چھوٹے چھوٹے دانے۔ میں سمجھ گئی تیری بات بیٹا۔" اس کی ماں نے لن پان کے سر پر ہاتھ پھیرتے ہوئے کہا۔

"ہاں ماں! یہ کھیت اگلے پھر لہلہانے لگے گا۔" لن پان بولا۔

"یہی دنیا کی ریت ہے بیٹا۔ کچھ کھو کر ہی پایا جاتا ہے۔" یہ کہہ کر اس نے لن پان کا منہ چوم لیا۔ اسے خوب دعائیں دیں۔

ماں بیٹے خوشی خوشی اپنے گھر لوٹ آئے۔

کئی سال کی محنت کے بعد لن پان نے خوب روپیہ جمع کیا۔ اس نے اپنی ماں کے لیے ایک رتھ بنوایا۔ رتھ میں بٹھا کر وہ ہان چو چاچا کے گھر سلام کرنے گیا۔

ہان چو چاچا اس سے مل کر بہت خوش ہوئے۔ اس کی ماں کو مبارک باد دی۔

لن پان کی ماں نے اس کی شادی کے لیے زیور بنایا۔ اچھا اچھا کپڑا خریدا۔ گھر کو ٹھیک کرایا اور لن پان کے لیے دلہن ڈھونڈھنے لگی۔ لن پان ماں کو رتھ میں بٹھا کر گاؤں گاؤں گھومنے لگا۔ اور ایک جگہ شادی کی بات پکی کر دی۔

لن پان کی ماں رتھ میں بیٹھ کر گھر گھر شادی کی دعوت دینے لگی۔ دونوں ماں بیٹوں کو خوش خوش دیکھ کر سب لوگ بہت خوش ہوتے۔ مائیں لن پان کا نام لے کر اپنے بچوں کو نیک اور محنتی بننے کی نصیحت کرتیں ہر گھر میں دونوں کی عزت ہوتی۔

شادی کا ایک مہینہ باقی رہ گیا تھا۔ شادی کی سب تیاریاں پوری ہو چکی تھیں۔

ایک رات لن پان اور اس کی ماں گہری نیند سو رہے تھے ڈاکو ان کے گھر میں گھس آئے۔ لن پان کی آنکھ اس وقت کھلی جب ڈاکو اُسے پلنگ سے باندھ رہے تھے۔

لن پان خاموش لیٹا رہا۔ وہ جانتا تھا کہ اس نے اگر شور مچایا تو ڈاکو اُسے اور اس کی ماں کو مار ڈالیں گے۔ اُس نے سوچا کہ اگر زندہ بچ گیا تو محنت کر کے پھر سامان خرید لے گا۔

ڈاکوؤں نے گھر کا سارا سامان باندھ لیا۔ اس کی شادی کے لیے خریدا گیا زیور اور کپڑا بھی باندھ لیا۔ لن پان خاموشی سے لیٹا ہوا یہ سب کچھ دیکھتا رہا لیکن خاموش رہا۔ وہ بار بار اپنی ماں کو دیکھتا جو برابر پلنگ پر گہری نیند سو رہی تھی۔

اس کی ماں کے پلنگ کے پاس ایک چھوٹی سی تپائی رکھی تھی۔ اُس ایک پیتل کا گلاس رکھا تھا۔ اور تپائی کے برابر پانی کا گھڑا رکھا تھا۔

ایک ڈاکو ادھر آیا اور اس نے وہ پیتل کا گلاس اُٹھالیا۔

جیسے ہی اُس نے گلاس اٹھایا لِن پان چونک پڑا جیسے کسی بچھو نے اُسے ڈنگ مار دیا ہو۔

اس کے سر پر کھڑا ڈاکوؤں کا سردار بھی اُسے حیرت سے دیکھنے لگا۔ پھر بولا ــــ "خاموش پڑے رہنا ورنہ جان سے مار دوں گا۔"

لِن پان نے گڑگڑا کر ڈاکوؤں کے سردار سے کہا ــــ

"بھائی صاحب! اس گلاس کو چھوڑ دو آپ کی بڑی مہربانی ہوگی۔"

ڈاکوؤں کے سردار نے حیرت سے پوچھا ــــ "تمہارا سب سامان لے لیا۔ تم نے کچھ نہیں کہا۔ آخر اس معمولی سے گلاس کو کیوں منع کر رہے ہو۔"

لِن پان نے کہا ـــــــ اس گلاس میں میری ماں پانی پیتی ہے اگر یہ گلاس ماں کو نہیں ملا تو وہ جان جائے کہ چوری ہو گئی ہے۔"
ڈاکوؤں کا سردار لِن پان کی اس بات سے بہت خوش ہوا۔ اس نے سب سامان وہیں چھوڑا۔ لِن پان کی رسیاں کھولیں اور خاموشی سے چلا گیا۔

بچوں کی مزیدار کہانیاں

جادوگر

مصنف: رام سروپ کوشل

بین الاقوامی ایڈیشن شائع ہو چکا ہے